추억이 방울방울

back to memories

추억이 방울방울

글·그림 이덕미

쉼

작가의 말

오랜 해외 생활 후 돌아온 한국은 '그리웠던 고향'이라기보다 내게는 '낯선 타국'과도 같았다. 한국의 빠른 변화를 바로 적응하기엔 세월의 갭이 너무 컸던 걸까? 나름 적응력이 좋다고 자부했지만, 번번이 당황스러운 일들이 찾아왔다. 세금에 관한 일, 공공기관에서 해결해야 할 일, 방송에서 나오는 신조어들과 하물며 교통수단의 환승 문제까지도 모두가 내게는 낯설고 힘든 과제였다.

처음 살아보는 동네에 터를 잡고 아이들 학교를 알아보고 등교시키면서 시간은 흘렀고, 귀국하면 자주 만날 것으로 생각했던 친구들도 서로가 바빠 문자로 안부만 주고받을 뿐 얼굴 한번 보기가 힘들었다. 그렇게 나의 고립된 생활은 나를 한 달에 한 번 정도의 외출 외엔 별로 할 일 없는 아줌마로 만들고 있었다.

그래도 한때는 일러스트레이터로 여러 권의 그림책 작업을 했었고 결혼 후 타국에서도 그림의 끈을 놓지 않고 살았는데 현실은 어느 것 하나 쉽게 시작할 수 있는 상황이 아니었다. 하루가 다르게 변하는 세상, 그 안에서 내가 보는 것이 전부인 줄 착각하며 살아왔다는 사실과 한국에서의 15년 공백이 주는 현실은 냉혹했지만 그래도 후회만 하고 있을 순 없었다.

그래서 내린 결론이 지나간 세월의 아쉬움은 버리고 차라리 그 안에서 내가 기억할 수 있는 젊고 어린 시절에 대한 추억을 찾아보자는 생각을 하게 되었던 것 같다. 그때부터 빠르게 돌아가는 세상에서 나만은 잊지 않았으면 했던 것들을 기록하는 습관이 생겼고, 기억 속엔 있지만 지금은 찾을 수 없는 것들을 차곡차곡 그려내 SNS에 올리기 시작했다.

어찌 보면 현세에 적응 못 한 아줌마의 추억 팔기였을지도 모르겠다. 하지만 그럼에도 불구하고 나의 그림과 글에 달리는 응원과 칭찬은 막막했던 내게 용기와 즐거움을 주었고 머릿속 가득한 추억에 대한 이야기로 행복한 작업은 계속되어 갔다. 동년배에겐 향수와 공감을 젊은 세대들에겐 신기함과 궁금증을…. 비로소 하나씩 하나씩 모인 추억으로 나만의 카테고리를 만들고 있을 무렵 출판사에서 연락이 왔다. 지금 생각하면 모두가 꿈같은 일이다. 처음 일러스트레이터라는 직업을 갖고 출판 일을 시작하면서 그림 부분만이 아닌 오롯한 내 이야기를 책으로 엮고 싶다고 생각했던 적이 있었다. 그 생각이 생활에 치이거나 뜻하지 않은 일로 인해 나를 그 꿈과는 먼 자리로 안내하기를 반복했던 세월이었지만, 분명 그 안에는 게으름이라는 안이한 생각도 함께 있었을 것이다.

그런 나에게 꿈만 꿔왔던 일이 불현듯 찾아와 문밖에서 노크했다. 그 노크에 살짝 움츠러들기도 했었지만, 용기를 내어 문을 열고 그 꿈과 악수를 나눴다. 그때가 2019년 초가을이었다.

작업하는 내내 생각이 망각 속에 빠져 왜곡된 표현이 나올까 봐 고증자료를 찾고 확인하기를 수없이 반복했고, 처음 써보는 글이 부담스럽고 미흡해 고치기 일쑤였다. 이 글을 쓰는 지금, 이 순간도 쉽게 써지지 않는 글이 내 발목을 잡고 있지만 그래도 용기 내어 이야기하고 싶다.

85편의 그림과 글 속엔 내 어릴 적 뛰놀던 동네와 친구가 있고, 젊은 시절의 엄마와 아빠가 있으며, 이젠 머리가 희게 센 언니와 오빠도 있다. 오늘과 내일이 아닌 지난 추억을 그리는 작업에 누구는 미래지향적이지 않다 꾸짖을 수도…. 그래도 '기억'이라는 공간에서 추억을 찾아 허우적거리다가 현실로 돌아오는 순간마다 들었던 생각은 '그때가 좋았네' 였다.

그 좋았던 추억을 이제는 많은 이와 나누고 싶다. 비록 완벽하진 않지만 그림 속 한편에 덧붙일 자신만의 이야기를 찾을 수 있다면 그것으로 만족하리라. 이 책을 보고 읽는 모든 분들에게 드리고 싶은 이야기가 있다. 잠깐이나마 삶의 휴식처럼 찾아온 옛 친구와의 담소처럼 읽어주시길 부탁한다. 이 책을 작업하는 내내 나 또한 친구와 옛이야기 하는 마음이었으므로….

항상 응원과 칭찬을 아끼지 않은 쉼 출판사에 감사의 말씀을 전한다. 또, 든든한 버팀목이 되어준 가족에게도 사랑하는 마음을 담아 전하고 싶다.

2020년 4월

이덕미

차 례

4 작가의 말

추억 하나

14 달려라 달려

16 완전 소중, 새 교과서

18 동네 이발소

20 파충류 외계인의 습격 - V

22 채변 봉투 내는 날

24 ‘방구석 1열’의 시작, 비디오 대여점

28 책받침 속에 유덕화 있다!

30 갤러그와 너구리

32 안 계시면 오라이

34 봄의 시작을 알리는 봄 소풍

38 길거리 사진관

40 이사 가는 날
42 내일의 야구왕!
44 삐삐쳐
46 포스터 그리기
48 오늘은~ 왠~지~
50 통기타와 가요노래집
52 불량식품
54 왁스칠과 걸레질
56 샐러드 말고 사라다
60 썸 타러 가요~ 롤러스케이트

추억 둘

66 에어컨 말고 어름
68 추억의 방구차
70 척척박사 전화번호부
72 엄마는 미용사
74 내비게이션 말고 지도

76 고물 삽니다, 고물! 생강엿 아저씨

78 사랑을 이뤄주는 봉숭아물

80 갈갈이 얼음빙수

82 추억의 공터 놀이

84 조심히 오려요

88 아름다운 그 이름, 미스코리아

90 테이프 하나면 나만의 음반 완성!

92 뻥이요!

94 사이버 애완동물 다마고치

96 지하수 팡팡! 펌프 펌프!

98 날아라 트램펄린

102 우리는 X세대

104 12번째 선수는 '붉은 악마'

108 티켓 투 더 회수권
110 추억의 DDR!
114 땀 삘삘 물지게
116 비석치기와 딱지놀이

추억 셋

120 만~보~공~기
122 무궁화꽃이 피었습니다
124 사랑합니다 고객님~
128 공포의 예방접종
130 까치가 물어다 주는 새 이빨
132 한가위만 같아라
134 하늘까지 솟아올라 - 스카이 콩콩
136 영화 벽보와 반공 벽보
138 이모~~ 여기 사리 추가요오~!
142 오밤중 뒷간 가기
144 높고 푸른 가을 운동회
146 맘에 들면 파르페

150 한강이 얼었어요
152 담배 가게 아가씨는 예뻐요
154 없는 집이 없던 스킬 자수
156 우리가 무슨 민족입니까? 배달의 민족!
160 한 편 값으로 두 편을 보다 - 동시 상영관
162 알고 싶어요
164 남산 밑 해방촌
166 암산이 쉬워져요 - 주산 학원
168 우유 급식

추억 넷

172 달다 달아 달고나
174 답 사이로 막가
176 달동네 연탄 나르기
180 아랫목 이불 속 공깃밥
182 필름카메라

184 별이 빛나는 밤에 이문세입니다
186 고통의 연탄 나르기
188 추석 전날
190 추억의 아지트 만화 가게
192 세모 땅따먹기
194 너와 나의 연결고리 '세이클럽'
198 따끈 따끈 도시락 난로
200 탈탈 털어줘 솜틀이
202 오색 풍선 아이돌
206 해마다 한파 속 학력고사
208 피카피카 피카츄 돈가스
210 영화 포스터계의 금손
214 찹쌀떡과 메밀묵
216 한 권이면 오케이~
218 비닐 포대 썰매
220 심쿵주의보

추억 하나

띠용 띠용
띠용 띠띠용
띠 용~띠 용~

달려라 달려

♬ 파란 하늘, 파란 하늘 꿈이 드리운 푸른 언덕에♪
귀에 익은 동요 소리가 온 동네에 울려 퍼지면
마을 공터에 '방방 말' 가득 실은
리어카 아저씨가 오셨다는 신호!

파란 말, 빨간 말, 하얀 말
알록달록 말 위에 올라탄 아이들이
몸을 들썩이며 말을 몹니다.

노랫소리에 맞춰 신나게 말을 타던 아이,
고사리손에 동전을 꼭 쥐고 이제나저제나 순서를
기다리던 아이, 한 번만 태워달라고 엄마에게 조르다
혼이 나던 아이. 그리운 그 친구들
모두 어디선가 잘 지내고 있겠죠?

스프링에 꽁꽁 묶인 말을 타면서
그때 우리는 어딜 그렇게 가고 싶었던 걸까요?

완전 소중, 새 교과서

새 학기를 시작하며 받아 온 교과서.
풀 먹인 양 빳빳한 표지에 솔솔 나는 새 책 냄새까지
모든 것이 완벽해서 손때라도 묻을세라 조심조심 다뤘었죠.

엄마와 문방구에 가서 신중히 고른 포장지로 꼼꼼히 싸고
비닐로 이중 포장까지 마치면 드디어 완성된 나만의 교과서.

포장지 살 때 같이 사 온 새 공책에도
이름과 반, 번호까지 또박또박 공들여 적고
네모난 책가방 속에 빼곡히 넣어두면 어찌나 설레던지.

공부를 좋아했던 것도 아니면서
학교 가는 게 마냥 좋았던 그때 그 시절.

©Emma

©Emma

동네 이발소

동네마다 한두 개씩은 꼭 있던 <이발소>.
남녀 구분 없이 같은 헤어숍을 가는 요즘과는 달리
그땐 여자는 미장원, 남자는 이발소로 구분돼있었어요.

하얀 가운의 이발사 아저씨가 주머니에서
가위를 꺼내 사각사각 소리를 내며 머리를
잘라주시는 모습은 참 근사했지요.

꼬맹이가 오면 의자 팔걸이에
빨래판을 올려 그 위에 앉히고
샤워기가 없어서 물조리개로 머리를 감겨주신
맥가이버 같았던 이발사 아저씨.
남자들만의 공간이라 항상 궁금했던 그곳,
이젠 찾아보기 힘들어 아쉬운 마음이 드네요.

V
GoldStar
©Emma

5
9
행복 상회

파충류 외계인의 습격 - V

지금이야 '다시 보기'만 누르면 일주일 전이건
1년 전이건 상관없이 지나간 방송을 맘껏 볼 수 있지만,
그 시절엔 한 번 지나가면 끝이었어요.

그래서 일주일을 꼬박 기다려 본방 사수 해야 했는데
그 시절 가장 인기 있었던 건 바로 외화 드라마 'V'였지요.
아이들은 아빠 신문을 몰래 가져와 TV 프로그램 편성표만
잘 접어서 'V'가 나올 시간에 빨간 동그라미를 쳐두고
오매불망 기다리곤 했었답니다.

어찌나 재미있던지, 저녁밥이 코로 들어가는지
입으로 들어가는지 모를 정도로 푹 빠지곤 했었는데요.
사람 모습을 한 파충류 외계인이
쥐를 잡아먹는 장면에서는 밥 먹다 말고 꺅꺅거리며
눈 가리기 바빴던 기억도 생생하네요.

<맥가이버>, <전격 Z 작전>, <케빈은 12살> 등등
그 시절 모두가 열광했던 외화 시리즈들.
전부 재밌게 보긴 했지만, 그중 하나만 꼽으라면
일편단심 'V'인데…. 여러분의 선택은?

채변 봉투 내는 날

전염병도 많고 건강검진도 따로 없던 그 시절.
해마다 봄만 되면 어김없이 채변 봉투를 나눠주셨지요.

"여러분, 내일 아침까지 꼭 제출하세요."

선생님은 인자하게 웃으시며 봉투를 나눠주셨지만,
우리들의 머릿속은 그때부터 복잡해졌죠.

창피해서 빈 봉투를 내고 차라리 손바닥을 맞는 친구,
동네 강아지 변을 넣어온 친구,
한 사람 변을 여럿이 나눈 친구까지.
별의별 친구들이 다 있었는데….
그중에서도 선생님의 호명에 후다닥 뛰어나가
새빨개진 얼굴로 구충제를 받아오다 넘어지는 바람에
반 전체를 웃음바다로 만들었던 친구가 가장 그립네요.

친구야, 건강하게 잘 지내고 있니?

채변 봉투 내기

반장

남성국민학교
3학년5반

S BOND 007
©Emma

'방구석 1열'의 시작, 비디오 대여점

대형 화면과 돌비 시스템을 갖춘 극장 영화만은 못했지만,
'방구석 1열'로 나만의 극장을 차릴 수 있다는 장점 때문에
큰 인기를 끌었던 비디오 대여점.

비디오 플레이어가 당시 필수 혼수품으로 꼽혔던 걸 보면,
얼마나 인기였는지 감이 오시죠?

그땐 한 블록 건너 하나 있는 지금의 편의점만큼이나
비디오 대여점이 많이 있었는데요.
흥행 영화가 비디오로 출시되는 날이면
신작 비디오를 빌려 가려는 사람들로
가게 안이 꽉 차기도 했답니다.

'옛날 어린이들은 호환 마마 전쟁 등이
가장 무서운 재앙이었으나 현대의 어린이들은
무분별한 불법 비디오들을 시청함에 따라
비행 청소년이 되는 무서운 결과를 초래하게 됩니다'라는
다소 무서운 경고문으로 시작했던 비디오 영화.

책장 구석에 남아 있는 결혼식 비디오테이프를 볼 때면
이제는 자취를 감춘 그 시절의 추억이
영화 보듯 눈에 아른거리네요.

책받침 속에 유덕화 있다!

영화 <천장지구>를 보고
유덕화에 홀딱 빠져 살던 시절이 있었죠.

눈을 떠도 유덕화, 감아도 유덕화.
하루 종일 아른대는 통에 공부가 손에 잡히지 않을
지경이었어요. 결국은 유덕화의 사진을
코팅해서 만든 책받침을 사서 수업 시간에도
내내 바라보곤 했었는데요.
왕조현, 소피 마르소, 제임스 딘, 이상아….

인기 있는 해외 스타와
하이틴 스타의 사진을 책받침으로 만들어
교과서와 노트 사이에 끼워 두고
하염없이 바라보고 있으면
어느새 수업은 끝나버리고
쉬는 시간을 알리는 종이 울리곤 했지요.

공부를 하기 싫어서가 아니라,
유덕화 님이 잘생긴 탓이었다고 얘기하면
너무 핑계일까요?

서문 문구점
593 - 3598
©Emma

왕!뽑기
반지
뽑기
1UP
600
©Emma

갤러그와 너구리

뿅 뿅 뿅.
하굣길 문구점 앞에서 요란한 소리가 나네요.
작은 오락기 앞에 옹기종기 모여 앉아
오락 삼매경에 빠진 아이들.
'갤러그'와 '너구리'게임에서
중독성 강한 시그널 음악이 흘러나오면
아이들은 홀린 듯 동전을 꺼내기 시작했지요.

고개 푹 박고 게임 하는 아이, 그 옆에서
'도대체 언제 끝나나?'하고 자기 차례 기다리는 아이,
열중하는 친구를 보며 뭐라 뭐라 열심히
훈수 두는 아이까지 참 가지각색이었어요.

수업 끝나기가 무섭게 달려가 매일 하다 보니
어디서 총을 쏘고, 몇 번 점프해야 과일을 먹을 수 있는지
모조리 외울 정도로 다들 고수가 되곤 했는데요.

가난했던 탓에 게임하는 친구 옆에 앉아
부러운 표정으로 바라보기만 했던 소년은
아직도 그 게임을 외우고 있을까요?

안 계시면 오라이

모처럼 나들이에
엄마 손 잡고 처음 타 본 시내버스.
들뜬 마음으로 엄마 무릎에 앉아
휙휙 지나가는 시내 풍경을
넋 놓고 쳐다봤었죠.
그중에서도 정거장마다
“안 계시면 오라이”를 외치며
버스를 탕! 탕! 치고는
폼 나게 훌쩍 올라타는 안내양 언니가
어린 제 눈엔 왜 그리 멋지고
근사해 보였던지요.

빨간 빵모자에
하늘색 유니폼이 잘 어울리던
지금은 찾아볼 수 없는 직업,
‘버스 안내양’.
여러분도 기억하시나요?

5
5

3-2
과천

3-5
사당동
©Emma

봄의 시작을 알리는 봄 소풍

봄을 알리는 꽃들이 피어날 즈음이면
학교 행사가 하나둘 시작됩니다.
입학식, 반장 선거, 대청소….
그중 가장 기다려졌던 건 당연히 봄 소풍이었죠.

대부분 학교 근처의 넓은 공터나 유적지였는데
학교 밖을 나온다는 자체만으로 마냥 좋았어요.
별다른 교통수단 없이 한 줄로 길게 늘어서서
1반부터 10반까지 선생님을 따라
걷고 또 걷던 소풍 길.
아무리 가까워도 차로 10분 이상은 가야 하는 곳이었지만,
걷는 내내 힘들다는 생각은커녕 오히려 콧노래가 나왔죠.

소풍 장소에 도착하면 다 같이 둘러앉아
집에서 싸 온 김밥을 먹었어요.
서로 자기네 집 김밥이 더 맛있다고 자랑하면서요.
점심을 먹고 이어지는 장기 자랑과 수건돌리기,
그리고 소풍의 하이라이트 보물찾기까지 하고 나면
어느새 가야 할 시간이 돌아오고
아쉬운 발걸음을 돌리며 자꾸 뒤를 돌아보던
어린 시절 봄 소풍이 떠오르는 봄날입니다.

태극
©Emma

길거리 사진관

기억나시나요?
카메라가 흔하지 않던 시절
사진처럼 정교한 배경 그림에
작고 아담한 자동차, 의자 등을 싣고
아이 얼굴보다 큰 꽃송이로 예쁘게 장식하고 다니던
'리어카 사진관'

자식들 키우느라 허리가 휜 부모님은
돌 사진 한 장 없는 막내딸이 안쓰러워
꼬깃꼬깃 모아 둔 돈으로
딸아이의 세 돌 사진을 찍어 주셨죠.

지금은 휴대전화 하나면
언제 어디서든 사진을 찍을 수 있지만
사진이 귀했던 어린 시절을 떠올리자니
제가 엄청 옛날 사람이 된 것 같은 기분마저 드네요.

©Emma

이사 가는 날

정든 동네를 떠나 낯선 동네로 가야 하는 이삿날.
이삿짐 가득 실은 차를 타고 가면서
배웅하는 친구들에게 연신 손을 흔들었지요.

그러다 친구들이 저 멀리 사라지고 나면
덜컹대는 트럭 뒤에 쪼그리고 앉아서
가족들 몰래 혼자 눈물을 훔쳤어요.

지금은 법에 어긋나 할 수도 없는 일이지만,
그땐 트럭 뒤에 짐도 싣고 사람도 실었는데요.

트럭 가득히 쌓인 삐뚤빼뚤한 짐들처럼
이사하는 날엔 어린 마음도 뾰족해졌던 것 같아요.

내일의 야구왕!

1982년에 출범한 한국 프로 야구.
오비 베어스, 해태 타이거즈, 삼성 라이온즈 등
지역구별로 경쟁이 대단했었죠.
학교에도 야구 바람이 불면서 야구 모자를 쓰는 아이들이
몇 있었는데, 그중 한 친구는 프로야구 어린이 회원증까지
갖고 다니던 열혈 팬이었어요.
구단 마크가 새겨진 야구 모자를 쓰고 야구 유니폼을 입고,
심지어 야구 가방까지 메고 다녔던 친구.

그 친구는 학교가 끝나면
매일같이 골목으로 야구를 하러 갔는데,
그 모습이 멋져 자주 구경 가곤 했었지요.
언제나처럼 열심히 관람 중이던 그날.
친구가 한껏 폼을 잡으며 배트를 휘두르자
잠시 후 "쨍그랑"하는 소리가 들리는 게 아니겠어요?

곧바로 누구냐고 고함을 치며 아저씨가 문밖으로 나오시고
하하 호호 웃음꽃이 만발했던 골목은
순식간에 살얼음판!
벌떼처럼 모였던 아이들이
깜짝 놀라 순식간에 사라졌던 걸 생각하면
'짜식들 의리 없었네'하는 생각에 피식 웃음이 나네요.

친구 혹은 연인과의 약속이 있는 날.
“어디 있니?”라고 통화를 할 수도, ‘거의 도착했어’라는 톡을
주고받을 수도 없던 시절이 있었죠.
그런 우리에게 획기적인 통신 시대를 열어준 삐삐!

허리춤에 차고 있던 삐삐가 울리면
서둘러 공중전화로 뛰어가 메시지를 확인해야 했고,
‘8282(빨리빨리)’, ‘1010235(열렬히 사모)’등의 숫자로
모스 부호처럼 대화했지만 그게 불편한 지도 몰랐었어요.

“안녕하세요. 아무개입니다. 삐 소리가 나면 메시지를 남겨주세요.
그럼 좋은 하루 보내세요~”
메시지 인사말을 녹음하느라 했던 말 또 하고 또 하고.
배경 음악을 깔고 수십 번 녹음하던 그때의 우린
참을성이 많았던 것 같아요.

머릿속에 떠오른 말을 거를 틈도 없이 바로 메시지로 전송하고
참아볼 생각도 없이 그 자리에서 키보드를 두드리는
요즘 사람들의 모습을 보면
답답하고 불편해도 참을 줄 알았던 그때의 우리가 그리워집니다.

삐삐쳐

포스터 그리기

'자나 깨나 불조심', '티끌 모아 태산', '잊지 말자 공산당'.
이 문구들, 한 번쯤은 들어보셨죠?

미술 시간, 표어 포스터를 그리라는 선생님 말씀에
저 표어들이 정확히 무슨 의미인지도 잘 모르면서
포스터를 그렸던 기억이 나요.

도화지에 넣을 글자 수에 맞춰 칸을 나누고
네모반듯하게 글씨 틀을 잡은 다음
선 밖으로 삐져 나갈까 노심초사하며 꼼꼼히 칠하던
그때의 저는 비싼 포스터컬러 물감이 굳을세라
다 쓰자마자 서둘러 뚜껑을 닫고
아주 조금씩만 묻혀가며 쓰던 짠순이였죠.

항상 비슷한 표어에 그림도 거기서 거기였지만,
그림 그리는 게 제일 재밌어서 집에 와서도
밤늦게까지 남은 그림을 완성하곤 했었는데….

그래서일까요?
그림으로 하나둘 상을 받기 시작하더니
어느 순간 정신을 차려보니 지금까지 그림을 그리고 있네요.
상 타온 딸내미 그림을 연신 쳐다보며 좋아하시던
엄마의 미소 덕에 천직을 만날 수 있었나 봅니다.

오늘은~ 왠~지~

'다방'을 아시나요?
커피 한 잔과 노트북 한 대를 앞에 두고
몇 시간이고 혼자만의 시간을 보내는
지금의 카페와는 달리 그 시절의 다방은
삼삼오오 모여 젊음을 나누는 공간이었죠.

그중에서도 가장 기억에 남는 건 단연, 디제이 오빠.
디제이 오빠는 부드러움 반, 느끼함 반이 섞인
남다른 음색으로 영어 발음을 연신 꼬아가며
최신 팝송을 틀어주었죠.

디제이 오빠가 있는 음악 부스 앞을 서성이다가
신청곡 적은 쪽지를 전달하고는
발갛게 익은 볼로 자리에 돌아가던 아가씨도 있었고
이게 진정한 커피라며 하얀 프림 가루를
산처럼 듬뿍 넣어 마시던 더벅머리 총각도 있었고
작은 유리병의 사이다 하나와 요구르트 하나를 시켜 놓고
도란도란 대화를 나누는 연인도 있었던
젊음의 아지트 다방이 그립네요.

MUSIC BOX
Wham!
©Emma

대중가요
CHANSON
©Emma

통기타와 가요노래집

저와 13살 차이인 큰 언니는
예쁘고 성격도 좋아 인기가 많았어요.
주말이면 같은 성당에 다니는 성가대 언니 오빠들을 불러와
라면도 끓여 먹고 작은 골방에 모여 기타도 쳤는데요.

어린 마음에 산적 같은 오빠들이 집에 오는 게
싫긴 했지만, 그래도 골방에서 들려오는 유행가가 듣기 좋아
자주 따라 부르곤 했었지요.

노래책 두어 권을 펼쳐두고 통기타 소리에 맞춰
밤새워 노랠 부를 수 있었던 그 시절엔
좋아하는 노래를 반복해 불러도 전혀 질리지 않았지요.

나이 차이가 크게 났던 저를 무척 예뻐해
가끔 사탕을 몰래 주머니에 넣어주던 언니 오빠들.
그 중 매번 함께 와서 멋지게 기타를 퉁기던 오빠는
지금까지 큰언니와 알콩달콩 잘 살고 계신
큰 형부가 되셨답니다.

불량식품

"엄마 10원만"
엄마와 얼굴이 마주칠 때마다
두 손을 곱게 모아 앞으로 내밀며 하던 말이에요.

집 옆에 있던 구멍가게에서 파는
쫀드기, 왕방울 사탕, 꿀소라 과자가 사먹고 싶어
날마다 엄마 치맛자락을 붙잡고 졸졸 쫓아다니며
귀찮게 굴었지요.
엄마는 그런 막내가 귀찮지도 않으셨는지
10번 조르면 한 번 정도는 손에 동전을 쥐여 주곤 하셨답니다.
손에 꼭 쥔 동전을 들고 구멍가게로 가서는
무얼 살까 고민하며 들었다 놨다 반복하기 일쑤였죠.
결국 동전 하나로 살 수 있는 아폴로 10개를 받아서는
아껴 먹었던 기억이 납니다.

레트로가 유행하면서 옛날과자만 따로 파는 가게가 생겼고
가끔 딸아이와 함께 두 손 가득 사오기도 하지만
막상 먹어보면 옛날만큼 맛있진 않더군요.

연탄불에 구워 먹던 쫀드기와
이로 쓱 긁고 마지막은 쪽 빨아먹었던 아폴로,
겉은 초콜릿 크림에 속은 건빵 맛 '콩과자',
안에 호박 꿀이 있던 '호박꿀만나'까지
불량식품이라고는 하지만, 그래도 그 시절
최고의 간식이었던 건 부인할 수 없는 사실이네요~

교훈
급훈
시간표
대청소

왁스칠과 걸레질

어릴 적 한 달에 두 세 번
교실 대청소하는 날이 있었답니다.
책걸상을 모두 앞으로 밀고
교실 바닥에 차례로 줄지어 앉아
집에서 만들어 온 걸레로 왁스칠을 했어요.

왁스나 양초를 바닥에 칠한 후
마른걸레로 박박 문질러 주면
거칠었던 마루가 반질반질 윤이 났지요.

오래되고 낡은 교실 바닥은
걸레로 문지를 때마다 삑삑 소리를 냈었고
손에 나무 가시가 박혀 고생도 했었지만
촘촘히 앉아 서로 장난치며 놀기 반 걸레질 반으로
지겨운 청소 시간을 웃으며 보냈던 대청소 날.

교실 한쪽 구석에서 걸레질하느라 손이 바빴던
똑 단발의 볼 빨갛던 어린 제가 떠올라
잠깐 웃음 짓게 되네요.

©Emma

샐러드 말고 사라다

커다란 볼에
사과, 배, 감, 귤
새콤달콤 과일을 먹기 좋게 썰어 넣고
땅콩과 건포도 듬뿍듬뿍
여기에 고소한 마요네즈를 쭈욱 짜서 버무리면,
최고의 간식 '사라다' 완성입니다!

일본식 발음인 탓에
지금은 '샐러드'로 교정해서 부르고 있지만,
샐러드라고 하면 어쩐지 그때 그 맛이 안 나는 느낌인걸요.

요즘은 살이 찔까 봐
마요네즈도 많이들 피하는데
그땐 그런 생각도 않고
여기저기 잘도 넣어 먹었지요.

잔칫집에 가도, 생일 파티에 가도
꼭 빠지지 않고 있었던 사라다.
어떤 과일을 입에 넣어도
마요네즈의 고소한 맛이 먼저 났던 사라다.

그 이름처럼 입 안에서 사라락 녹았던
사라다를 생각하니 입맛을 절로 다시게 되네요.

©Emma

3인조 그룹 Joy의 'Touch by Touch',
런던 보이즈의 'I' m gonna give my heart'등
당대 최고의 히트곡에 몸을 맡기며
춤추듯 타던 롤러스케이트!

별다른 놀이 문화가 없던 그 시절
우리에겐 가장 핫한 '만남의 장소'이자
최고의 '스트레스 해소 공간'이었죠.

규칙은 아니었지만, 모두가 같은 방향으로 돌았고
초보자는 벽 쪽으로 붙어 연습했던 것도 기억나시죠?

마당발 친구가 남학교 친구들과
미팅이라도 주선해서 모인 날이면
평소엔 바람을 가르듯 미칠듯한 속도로 질주하던 미숙이도
괜히 초보처럼 엉거주춤 거렸고,
스케이트장이 떠나가라 크게 웃던 영애도
요조숙녀처럼 입을 가리며 작게 '호호' 댔었는데….

그때 한껏 멋을 부리며 묘기를 보여주던 남학생들은
보통의 배불뚝이 아저씨가 되었고
저 또한 보통의 아줌마가 되었다는 생각에
문득 씁쓸한 생각이 드는 밤입니다.

썸 타러 가요~ 롤러스케이트

추억 둘

에어컨 말고 어름

한여름 무더위를 이길 방법이라곤
손에 든 부채나 동네 큰 나무 밑 그늘 정도가
전부였던 그 당시, 획기적인 상품이 하나 있었죠.

바로, 어름!

냉장고보다도 큰 얼음을 톱으로 쓱싹쓱싹 썰어 팔던
'어름 가게'는 여름만 되면 손님들로 붐볐어요.
아저씨가 손님에게 줄 얼음을 썰 때
친구들과 몰래 지켜보고 있다가
사방으로 날린 얼음 가루를 한 움큼 집어
입에 털어 넣고 얼른 도망치기도 했었는데….
깨져서 팔 수 없는 얼음 조각을 얻은 날엔
이가 시릴 때까지 입에 물고 행복해하던 기억도 나네요.

그때 느낀 시원함이란!
에어컨 빵빵하게 나오는 카페에 앉아 먹는 팥빙수도
절대 이길 수 없을 거예요.

신속 어永름 배달
어름
팝니다!
신속 배달
©Emma

©Emma

추억의 방구차

습기 가득했던 장마철이 끝나면
하얀 연기 뿜으며 온 동네를
휘젓고 다니던 소독차.

"방구차 왔다!"

누구 하나가 이렇게 외치면
놓칠세라 부리나케 달려 나갔더랬지요.
끊이지 않고 뿜어져 나오는 뿌연 연기를 따라
내달리던 동네 아이들.

그게 뭐라고 그렇게 쫓아다녔는지
그게 뭐 그리 재밌는 일이라고 내내 웃어댔는지….
지금도 알 수는 없지만,
그때 생각을 하면 미소가 절로 지어지네요.

척척박사 전화번호부

전화국에서 해마다 나눠주던 노란 전화번호부.
그 안엔 지역에 있는 모든 전화번호가 다 있었지요.
가나다순대로 나와 있어 이름과 주소만 알면
바로 찾을 수 있었답니다.

동네에 전화기 있는 집이 몇 집 없던 시절
남들보다 전화기를 먼저 달게 된 우리 집엔
수시로 이웃들이 와 전화 한 통 걸자 했고
통화 후에는 몇 원씩 놓고 가곤 했었지요.

검지로 열심히 다이얼을 돌리고 '흠흠' 헛기침을 하며
기다리다가 연결되면 여지없이 긴장된 목소리로
"여보세요?"하시던 둥근 파마머리의 어머니가
문득 생각나네요.

'92 전화번호부
©Emma

©Emma

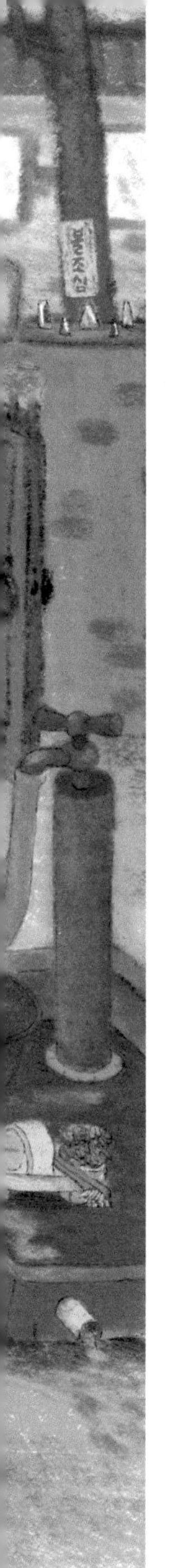

엄마는 미용사

쨍쨍 내리쬐는 햇볕에
뻘뻘 땀을 빼며 돌아온 집에선
만반의 준비를 끝내신 엄마의 호출!
길어진 머리카락을 시원하게 잘라 주신다며
마당에 앉혀 놓고 싹둑싹둑.

그런데 이를 어쩌죠?
한쪽이 더 짧다며 자르고 또 자르고
점점 짧아지는 머리카락에 소녀는 울고 싶어지네요.

미용실도 흔하지 않았지만 비싼 가격 때문에
어렸을 적 집 앞마당에서 머리카락을 자르는 건
흔하디흔한 풍경이었죠.

쇳소리가 철컹철컹 나는 큰 가위로
머리카락이 무섭게 싹둑싹둑 잘릴 때면
등짝에 삐죽삐죽 소름이 돋곤 했답니다.
생각보다 어김없이 짧아진 머리 때문에 울상 짓던
그 시절 그때가 문득 떠오르는 건,
오랜만에 찾은 미용실에서 만난 꼬마 손님
덕분인 것 같습니다.

가마골
도래수마을
북동리
한국도로지도
©Emma

내비게이션 말고 지도

“어? 이쯤인 거 같은데. 아! 찾았다! 여보 저기! 저기!”
더운 여름 시원한 계곡이 그리워 전날 밤 지도를 보고
가는 길을 익히고 익혀 출발했지만, 도로 표지판 보기가
익숙하지 않아 헤매다 겨우 찾아가곤 했었지요.

‘내비게이션’이란 단어조차 생소했던 그땐
조수석 옆에 꽂혀있던 ‘전국 도로 지도책’이
우리들의 길잡이가 되어 주었답니다.

해 지난 지도책 때문에 길을 헤매거나
도로 위 표지판과 씨름을 한 적도 많았지만,
잘못 든 길 위에서 가슴 벅차게 아름다운 장소를
발견하는 일도 가끔 있었지요.

지금은 운전하는 내내 길 안내는 물론이고
도로 상태까지 자세히 알려주는 내비게이션이 있지만,
지도를 보며 오롯한 기억력으로만 운전하던 그때의 내가
지금보다 훨씬 총명했을 거란 생각이 들어 씁쓸한 건
저뿐일까요?

고물 삽니다, 고물! 생강엿 아저씨

끽끽 소리 내며 굴러가는 리어카에 철컹거리는
가위 소리가 들리면 여지없이 이어지는
엿장수 아저씨의 목소리.
"고물 삽니다. 고물이요! 달달한 생강엿이 왔어요!"

때 지난 신문지, 구멍 난 고무신, 찌그러진 양은 냄비,
구석에 모아 둔 빈 병이며 헌책들을 가져가면
단내 풀풀 풍기는 엿과 바꿔 주셨죠.

그 시절 제가 제일 좋아했던 엿은 대패 생강엿!
나무 깎던 대패가 커다란 엿 덩어리 위에서
이리저리 춤을 추면 사르르 녹는 얇은 엿이
대패 구멍 사이에서 소복이 부풀어 오르고
그 달달한 엿에 나무 막대를 쿡 찔러서 들면
지금의 막대사탕은 아무것도 아니었지요.

구석에 쌓여있는 빈 병과 재활용 종이를 보면서
'이야, 이거면 엿이 몇 개야?'싶은 생각이 드는 건
그때 그 추억 때문이겠지요?

소망상회
김의원
국어
고물삽니다
생강엿
있어요

콩콩콩.
넓적한 돌 위에 봉숭아꽃과 이파리를 올려놓고
작은 돌로 콩콩콩 열심히 찧어요.

백반 가루까지 넣어 잘 짓이긴 꽃잎을
손톱 위에 하나하나 얹고 비닐로 꽁꽁 묶어
실로 동여맸던 그 여름.

열 손가락 전부 비닐 칭칭 감은 채로
사루비아 꽃을 따서 꿀을 쪽쪽 빨아 먹기도 하고
분꽃 씨를 살살 빼내 귀고리도 만들고.

"봉숭아 물이 첫눈 올 때까지 남아있으면
사랑이 이뤄진대!"

이뤄질 사랑도 없으면서
그 말이 괜히 낭만스럽게 느껴져
잠자리에 든 내내 '더 진해져라. 더 진해져라'
주문을 걸었던 그 기억.

사랑을 이뤄주는 봉숭아물

갈갈이 얼음빙수

하교 후 집에 가는 길에 팥빙수 가게가 있었어요.
한여름 뙤약볕 아래에서 하루 종일 뛰어놀다가
꼬질꼬질해져 집으로 돌아가는 길.
하얀 얼음 가루 위에 까만 팥을 진득하게 얹은
그 팥빙수가 어찌나 먹음직스러워 보이던지.

머리를 곱게 땋은 부잣집 친구가
가게 앞에 멈춰서 물방울무늬 동전 지갑을 꺼내면,
집에 가던 영수도 민철이도 발걸음을 멈추고
눈처럼 갈리던 빙수 얼음을 한참 바라보곤 했죠.

지금은 우유를 갈아 만든 눈꽃 빙수며
생딸기와 과자까지 올린 별의별 빙수가 다 있다지만,
그 시절 입안에서 설겅설겅 씹히던 투명한 얼음 빙수 맛은
따라잡을 수가 없네요.

국민학교 다닐 적엔 학교에서 돌아와
집에 들어오기가 무섭게 다시 신발을 고쳐 신고
무조건 공터로 달려 나갔었습니다.
그 시간이면 공터는 놀러 나온 친구들로 가득했거든요.
저처럼요.

그땐 그냥, 굴러다니는 모든 것이 장난감이었어요.
넓적한 돌은 훌륭한 비석치기 도구였고
긴 고무줄 하나만 있으면
하루 종일 고무줄놀이를 할 수 있었죠.
오밀조밀 작은 돌은 공기놀이하기에 안성맞춤이었고
날짜 지난 달력은 쭉 찢어서 딱지를 접으면 딱 좋았고요.
생각해 보니 그땐 정말 놀잇감이 무궁무진했었네요.

요즘 아이들은 학교 수업이 끝나면
수학 학원, 영어 학원, 태권도에 발레 학원까지 다닌다는데….
놀 시간도 없이 학원 차로 이리저리 이동하는 아이들을 생각하면
내 어린 시절이 겹쳐 더 안쓰러울 따름입니다.

추억의 공터 놀이

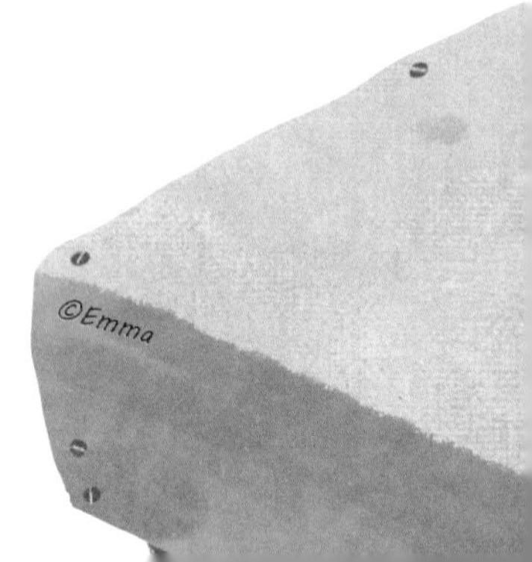
©Emma

대성문방구

내리쬐는 볕이 따가운 한여름
엄마가 주신 용돈을 모아 문방구에서
종이 인형을 사와 조심히 가위질 시작!

캔디와 밍키의 예쁜 원피스가 망가질까
신중히 오리느라 눈이 한 곳으로 모이기도 했었지요.

부잣집 친구의 마론 인형이 부럽지 않을 정도로
엄청나게 좋아했던 종이 인형 친구들!

조심히 오려요

명절에 받았던 종합 과자 세트 박스 안에
연습장을 접어 옷장도 만들고
침대, 소파, 테이블과 냉장고 등등
집에는 없지만, TV 드라마에서 봤던
멋진 가구들을 만들어
근사한 인형 집을 꾸며주곤 했었지요.

한참 놀다 지쳐
종이 인형을 손에 쥐고 잠들면
예쁜 옷을 입고 캔디, 밍키와
종이집 안에서 맛있는 다과를 즐기는
기분 좋은 꿈을 어김없이 꾸었답니다.

사자처럼 커다랗게 부푼 머리에
수영복을 입은 언니들이 화면을 가득 채우고
“아름다워~ 오 그대가 아름다워~”
윤수일 아저씨가 노래를 부르며 등장하던 그 프로.
바로, 매년 최고의 미인을 뽑는 미스코리아 대회였지요.

언니들과 앉아 서로 다른 후보를 응원하다가
자기가 응원하던 후보가 상을 받으면
본인이 상을 탄 양, 신이 나기도 했었는데요.
미스코리아 언니들 모습이 왜 그렇게 예뻐 보이던지
엄마가 외출하셔서 집이 비면 친구들을 불러
미스코리아 놀이도 했었어요.
미스코리아 놀이가 뭐냐고요?

짧은 머리 위에 가발 쓰듯 수건을 올려 긴 머리를 만들고,
장롱에서 꺼낸 엄마 치마와 화장품으로 치장을 하고는
기다란 자를 들고 천천히 입장하는 게 미스코리아 놀이예요.

지금은 미인대회가 사라지는 추세라고 하는데요.
아무것도 모르는 아이들이 그런 놀이를 했던 걸 생각하면,
미의 기준을 주입한다는 게
생각보다 더 위험한 일이구나 싶네요.

아름다운 그 이름, 미스코리아

GoldStar
SONY
©Emma

테이프 하나면 나만의 음반 완성!

온종일 듣던 라디오에서
좋아하던 유행가나 팝송이 나오면
마음이 바빠졌답니다.
준비하고 있던 녹음 버튼을 얼른 눌러
공테이프에 차곡차곡 저장해야 했거든요.

팝송 가사는 왜 그렇게 어려운지
귀를 크게 열고 여러 번 반복해서 들어야
겨우 한글로 받아 적을 수 있었지만,
그렇게 열심히 가사를 외우면
어디 가서 '노래 좀 들어본 사람'이라고
으쓱댈 수 있었기에 눈에 불을 켜고 받아 적기도 했었지요.

A면엔 가요, B면엔 팝송.
카세트 플레이어로 공테이프 양면에 노래를 녹음하고
완성된 나만의 테이프는 친구와 연인에게 선물했었죠.

지금 생각해보니 그것도 편곡이라면 편곡인데,
그 시절 우리는 방구석 배철수, 방구석 임진모였네요.

뻥이요!

따가운 볕에 바짝 말려두었던 옥수수와 묵은쌀을
까만 철통에 넣어 한참 돌리면
뻥! 하는 소리와 함께 하얀 연기 속 터져 나오던
눈꽃 같던 뻥튀기.

그 고소한 냄새가 온 동네에 진동할 때면
꼬마들 모두 나와 귀를 막고
마술처럼 튀어나오는 뻥튀기를 기다리곤 했었지요.

늦은 저녁 출출할 때쯤 딸아이가 사다 준 강냉이.
"와 지금도 이런 걸 파나?"
신기해하며 한입 가득 털어 넣으니
그때 그 아저씨의 우렁찬 "뻥이요" 소리가
귓가에 맴도네요.

○○의상실
○○상회
담배
뻥이요~
©Emma

사이버 애완동물 다마고치

알에서 부화된 새끼에게 밥도 주고
배설물도 치워주며 정성을 다해 키우면
다양한 형태로 진화되는 '다마고치'.

90년대 말부터 유행했던 다마고치는 정품,
짝퉁 할 것 없이 하나쯤은 가지고 있던 핫한
아이템이었지요.

시도 때도 없이 울려대 수업 시간에 선생님께
야단도 맞고 결국은 학교 반입금지 조치가 내려질 정도로
문제가 많았었죠.

지금 생각하면 작은 장난감 하나가
뭐 그리 큰 문제였을까 싶지만, 손 안에 쏙 들어오는 크기와
잠시만 신경을 안 써도 문제를 일으키는 사이버 애완동물에
정신을 팔 수밖에 없었겠다 싶네요.

바른 생활 슬기로운 생활
분식
©Emma

더위 안녕~
©Emma

지하수 팡팡! 펌프 펌프!

선풍기가 귀했던 그 시절.
더운 줄도 모르고 한참을 뛰어놀고 돌아오면
땀으로 범벅이 된 아이에게 핀잔을 주시던 어머니.

"아이고 이 머리랑 얼굴 좀 봐라!"
금세 펌프질로 물을 대야에 한가득 받으시고는
팬티만 입고 엎드린 아이에게
시원하다 못해 차가운 지하수 한 바가지를 휙 뿌려
얼굴과 몸 이곳저곳을 깨끗이 씻겨 주셨어요.

지금은 선풍기도 에어컨도 흔한 시대지만,
그 시절 어머니가 뿌려주시던
시원한 물 한 바가지는
선풍기도 에어컨도 이길 수 없는
최강의 여름 아이템이었지요.

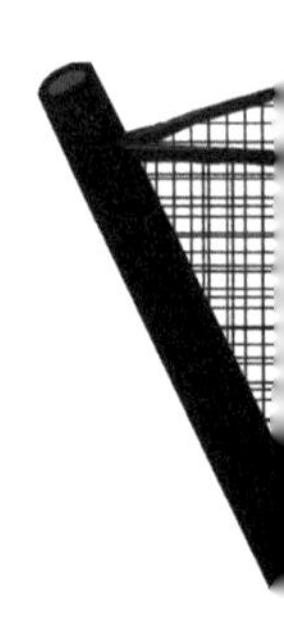

날아라 트램펄린

HAPPY FLOWER
©Emma

재개발로 지어진 민영 아파트에 살던 어린 시절.
아파트 놀이터 안, 볕이 잘 드는 곳에 자리 잡고 있던
트램펄린!

일명 '방방이'라고 불리는 트램펄린은
동네에서 가장 인기 좋은 놀이기구였어요.
'30분에 몇백 원' 하는 식으로 아저씨께 값을 지불하고
그 시간 내내 풀쩍풀쩍 뛰어놀던 기억이 새록새록 해요.

안전상의 이유로 한 번에 서너 명만 들어가게 했는데
줄을 서서 기다리다가 모르는 친구들과도 스스럼없이
들어가서 각자 미친 듯 뛰어놀던 기억이 나요.
지금 생각하니 웃기네요.

공중제비를 도는 친구도 있었고, 안전을 위해 설치한
그물망보다 더 높이 뛰던 친구들도 있었죠.
겁 많은 친구를 놀리려고 옆에 와서 일부러 더 세게 발을
구르는 개구쟁이 친구도 있었는데….
방방이 위에서 열심히 뛰어놀던 그 친구들도
지금은 모두 한 아이의 엄마 아빠가 되어 있겠죠?

우리는 X세대

“나안~ 알아요! 이 밤이 흐르고 흐르면~”

거리마다 흘러나오는 익숙한 가요들로
‘길보드 차트’가 만들어지고, 짧은 배꼽티에
땅에 질질 끌릴 정도로 긴 바지 차림
통굽의 높은 구두에 뒤뚱거리며 걸어도
그게 최고의 멋이었고 젊음의 상징이었던 그때.
기억하시죠?

남의 시선 상관없이 나만의 패션 감각을 뽐내고
길거리에서도 당당하게 애정 표현하는 젊은 사람들을 보며
나이 든 어른들은 ‘말세야, 말세.’ 혀를 끌끌 찼다지만,
지금 생각해도 참 멋졌던 우린 X세대였네요.

T.02-512-3567 강남지점
X세대
노래방
T.02 523-1234 지하
컴퓨터
학원
T5234567
화매표소
CASIO
가요 테입 1500원
서태지와 아이들
신승훈, 이승환, 듀스
마로니에, 녹색지대,
©Emma

12번째 선수는 '붉은 악마'

KOREA!
Be The
Reds!
WorldCup Korea

"대~한~민! 국! 짝짝짝! 짝! 짝!"

우리나라는 물론이고 전 세계를 뜨겁게 달궜던 그 여름!
전국 팔도를 붉은색으로 물들였던 2002년 한일 월드컵을
기억 못 하는 분은 없으시죠?

강호 포르투갈을 탈락시키고 16강에 오른 한국은
연장까지 간 끝에
아주리 군단 이탈리아마저 무너뜨렸죠.
우리 대표 팀이 써 내려간 신화는
여기에서 그치지 않았습니다.

8강에 오른 우리 선수들은 스페인과의
승부차기 접전 끝에 결국 승리를 거두고 4강에 올랐는데요.
유럽과 아메리카 이외의 국가가 4강에 올라간 것은
월드컵 역사상 처음 있는 일이었죠.

물론 히딩크 감독과 11명의 선수도 최고였지만,
선수들을 뜨겁게 응원하던 국민이 없었다면
이런 쾌거가 가능했을까요?

함께 그라운드를 달리듯 숨 가빠하고
골을 넣을 때는 다 같이 숨죽여 집중하고,
목이 터져라 함성을 지르며 응원했던 붉은 악마!
모두가 붉은 악마였던 그 여름이 그립습니다.

티켓 투 더 회수권

중·고등학생이 버스를 타려면
회수권이 필요했던 그 시절!

한 장에 10개의 회수권이 이어져
칼이나 가위로 잘라 써야 했고,
재주 많은(?) 남학생들은
10장을 교묘하게 11장 혹은 12장으로
잘라 사용하곤 했었죠.

버스가 유일한 대중교통이었던 그때는
자주 오지 않는 버스를 기다리며
지각할까 발을 동동 구르기 일쑤였지요.

지금은 카드나 휴대전화 결제로
교통수단을 쉽게 이용할 수 있지만,
아직도 까까머리 남학생의 꼬깃꼬깃했던 회수권은
우리를 미소 짓게 만드는 소중한 추억이네요.

高
高
송시광
이진곤
배종학
©Emma

Dance Dance Revolution
7
C53
Dance Dance Revolution
©Emma

춤을 참 잘 추던 친구가 있었어요.

소풍을 가도, 수학여행을 가도,
항상 앞에 나가 솜씨를 뽐내곤 했는데요.
뭐니 뭐니 해도 그 친구 하면 가장 먼저 떠오르는 건
학교 앞 오락실에서 펼치는 DDR 춤사위죠.

몸치에 게임도 별로 좋아하지 않아
오락실에 가면 항상 친구들 가방을
지키고 있던 제게도 그 친구의 DDR 실력은
눈을 떼기 힘든 구경거리였어요.

추억의 DDR!

눈으로 따라잡기도 힘든 화살표가
빛의 속도로 떨어지고
그 속도보다 더 빨랐던 내 친구의 발!
사람의 발이 저렇게 빨라도 되나 싶어 혀를 내두를 때면
멋쩍게 배시시 웃으며 '나 잘했어?' 했었는데….

이젠 반백 살이 되었을 친구야.
빛처럼 빠른 발로, 여전히 흥 넘치게 잘 지내고 있니?

어린 시절 제가 살던 동네는
달동네라 불리던 '사당동'이었어요.

지금은 강남과 방배동 인근에 아파트 밀집 지역이 되어
집값이 엄청나게 오른 부촌이 되었지만,
그때만 해도 판잣집이 가득한 달동네였죠.

그중에서도 맨 꼭대기에 있던 우리 집은
물도 제대로 안 나와 아랫동네에서 물을 길어 와야
했는데요. 그래서 지금은 역사박물관에나 가야 볼법한
물지게가 집에 떡하니 있었죠.

무거운 물지게를 어깨에 지고
땀을 뻘뻘 흘리며 물을 나르시던
힘드셨을 아버지를 생각하니
철없어 몰랐던 감사함이 새삼 느껴지네요.

땀 뻘뻘 물지게

비석치기와 딱지놀이

해 지난 달력이나 공책 표지 같은
빳빳하고 두꺼운 종이가 생기면
꾹꾹 누르고 접어 만들던 딱지.

길에 널린 돌 중 비석 모양을 찾아
단단히 세워 놓고 손이 아닌 몸으로 옮겨서
정확히 명중시켜 쓰러뜨려야 하는 비석치기.

그리고 유리구슬을
두 손가락으로 튕겨 따먹던 구슬치기까지.

딱지 한 장, 유리구슬 한 알이 뭐라고….
엄마가 소리쳐 불러도 모를 정도로
결투에 빠져있던 그때의 저녁 풍경은
지금 생각하면 풋 하고 웃음이 나오는
참 귀여운 순간이었네요.

©Emma

추억 셋

문방구에서 팔던 색색의 공깃돌 안에
철심을 가득 넣어 더 묵직하게 만드는
'나만의 공기'가 유행하던 시절
저와 언니는 엄지 손톱보다 작은 돌들을 주워와
깨끗이 씻어 방안 한가득 펼쳐놓고 만보공기를 했었어요.

1단부터 4단까지 한 후 꺾기로 년을 세던
다섯 알 공기도 재미있었지만,
손에 있던 돌을 던지고 "만~ 보~ 공~ 기!"하며
네 번째 모았던 돌들을 모두 집어야 했던
만보공기도 꿀잼이었죠.

하굣길에도 작은 돌만 보이면 주저앉아 했던 그 놀이는
지금까지도 사랑받고 있는데요.
TV 예능 프로그램에 어린 연예인들이 나와
공기놀이를 하는 걸 보면,
저들은 만보공기를 알까? 궁금해지곤 합니다.

만~보~공~기

©Emma

무궁화꽃이 피었습니다

“무궁화꽃이 피었습니다. 어! 거기 너 움직였어!”

술래가 눈을 가리고 주문 외우듯 이 문구를 읊으면,
그 사이 뒤에 있던 친구들이 술래 쪽으로
살금살금 다가가는 놀이, 모두 잘 아시죠?

‘무궁화꽃이 피었습니다’를 빠르게 또는 느리게 외쳐가며
긴장감을 주는 건 술래 마음!

언제 빠르게 읊고 뒤돌아볼지 모른다는 생각에 조마조마해서
제대로 움직이지도 못하고 같은 자리에 같은 포즈로 서 있던
어린 소녀가 바로 저였어요.

몸도 날쌔고 담도 컸던 친구는 성큼성큼 다가가
술래에게 잡혀 있던 친구들을 구하고는
쏜살같이 우리 쪽으로 돌아오곤 했었지요.
그런 친구를 보면 어찌나 멋지고 근사해 보이던지….

그렇게나 많이 했던 놀이였지만
아쉽게도 제가 친구를 구한 기억은 찾을 수가 없네요.

무궁화 꽃이 피었습니다~
©Emma

사랑합니다 고객님~

안녕하십니까?

1 네네~

7 문의하신 번호는

2

4
8
전화번호 안내 서비스 114
©Emma

"네네~ 문의하신 번호는
123에 4567번입니다아~"

기억나시나요?
때마다 나눠주던 노란색 전화번호부만큼이나
자주 이용했던 '전화번호 안내 서비스 114'

신호음이 가면 바로 “안녕하십니까?”라며
낭랑한 목소리로 응대해주던 안내 상담원님.
1997년부터는 문의 전화에 요금이 붙는다는 소식을 듣고
귀찮아도 전화번호부 책을 뒤적이며 번호를 찾던 기억이 나요.

한때는 “사랑합니다. 고객님”이라는 첫인사를 듣고
“진짜 사랑하느냐”며 되묻는 이상한 문의자들 때문에
곤란을 겪기도 했다는데요.
예전이나 지금이나 무례한 고객은 존재하나 봅니다.

©Emma

공포의 예방접종

하얀 가운을 입은 의사 선생님이
복도에 자리 잡고 앉으시면,
분단 별로 줄지어 나가 맞던
'불주사'를 기억하시나요?

접종 후 울면서 돌아온 친구들로
반 전체가 눈물바다가 되곤 했던 그때,
차례가 다가올수록 심장은 미칠 듯이 뛰고
눈가는 벌써 빨개졌던 겁 많던 소녀는
왼쪽 어깨에 고스란히 남아있는
불주사의 흔적을 훈장 삼아
튼튼하고 건강하게 잘 자랐네요.

다 큰 지금도 주삿바늘이 공포로 다가오는 걸 보면,
아무래도 이번 생엔 주사와 친해질 수 없나 봐요.

27
©Emma

까치가 물어다 주는 새 이빨

"애미야~"
드르륵 방문이 열리자
문고리에 묶어 놓았던 실이 당겨지며
흔들리던 이가 쏙!

계획에 없던 할머니의 등장에
빠진 이를 보고 눈물을 뚝뚝 흘리던 아들을 달래며
엄마는 빠진 이를 들고 나가 지붕 위에 휙 던지시고는
"까치야! 헌 이빨 가져가고 새 이빨 다오"라며
큰소리로 외치셨지요.

모든 것은 자연이 준다고 믿었던 그 시절의 토속 신앙.
그래서일까요?
저는 지금 그 시절 착한 까치가 전해 준 새 이로
건강히 잘 지내고 있답니다.

한가위만 같아라

집집마다 고소한 기름 냄새가 가득 차고
전과 나물, 고기반찬, 풍성한 과일로
마음도 뱃속도 부자가 되던 추석!

조상께 드릴 제사를 준비하시느라
어머니는 전을 부치고 나물을 무치며 고기를 삶고
아버진 지방을 쓰시고 제기를 닦으셨죠.

알록달록 옥춘당을 몰래 먹다 걸린 막내도
어머니의 심부름을 하느라 정신없이 바빴던 누이도
입가에 미소는 가시질 않았었지요.

이른 아침 제사를 지내고 많은 친척이 방문해도
음식이 남을 정도로 풍요롭고 정이 넘쳤던
우리네 추석 풍경.

그때 그 맘과 똑같지는 않아도 우리에게 추석이란
여전히 보름달처럼 풍요롭고 행복한 명절임에는
틀림없네요.

하늘까지 솟아올라 - 스카이 콩콩

콩콩콩콩
친구들이 하늘로 오르락내리락 바삐 움직이네요.

놀잇감이 흔하지 않던 시절
정말 최고의 아이템이 한국에 상륙했었죠.
이름하야 '스카이 콩콩'

집에 이것 하나 없는 집이 없을 정도로
대 히트를 쳤던 놀이기구였지요.
저도 엄마를 조르고 졸라
빨간색 스카이 콩콩을 탔던 기억이 나네요.

가장 높이, 가장 멀리 뛸 수 있는 친구가
부럽기만 했던 그땐 한참을 타고 내려오면
아직도 하늘에 붕 떠있는 기분에
걸음걸이가 엉성해지기도 했었지요.
그렇게 온종일 콩콩댔던 친구들은
그날 밤 꿈속에서도 연신 콩콩이를 타고 있었을까요?

©Emma

월세
사글세
국도극장
불온삐라를 보면
즉시 신고합시다!
우체함
©Emma

영화 벽보와 반공 벽보

북쪽에서 내려 온 늑대들이
동네 사람을 괴롭히자
정의의 똘이 장군이 혼내준다는 영화
'똘이 장군'을 기억하시나요?

어린 시절 반공 교육과 반공 영화로
북에 있는 사람들은 모두 빨간 눈의
늑대 형상을 한 사람들이라고 믿고 자랐었지요.

가끔 하늘에서 빨간 삐라가 뿌려지면
주워서 경찰서에 가져다주고
사탕을 받기도 했었던 기억이 나네요.

세월이 흘러 그들도 우리와 똑같은 사람이고
다를 게 없다는 걸 알고는 교육의 중요성을
다시금 깨닫게 되었죠.

앞으로 남북의 관계가 어떻게 진행될지 미지수지만
언젠가는 서로 왕래하며 좋은 관계로 발전되길
두 손 모아 기도해봅니다.

만두추가
라면사리
오뎅사리
미소의 집
©Emma

이모~~
여기 사리 추가요오~!

하굣길에 친구들과 자주 가던 서문여고 앞.
쭉 늘어서 있는 문방구와 세련된 선물 가게도 좋아했지만,
그중에서도 가장 좋아했던 곳은 단연 분식점이었죠.

선물 가게를 구경하고 항상 마지막으로 들르는 곳은
즉석 떡볶이를 팔던 '미소의 집'.
들어가자마자 맛있는 떡볶이 냄새에 미소가 지어져서
이름을 그리 지으신 걸까요?

먹고 싶은 사리를 골라 직접 조리해 먹는 즉석 떡볶이는
길에서 파는 떡볶이와는 또 다른 맛이었는데요.

혼자 먹기엔 부담스러운 양이라
꼭 친구들과 함께 갔었는데,
취향들이 어찌 그리 다양한지
무슨 거나한 작전이라도 세우는 사람들처럼
한참을 의논해서 주문하던 기억이 나네요.

냄비 속 재료들이 보글보글 끓는 걸 지켜보며 입맛을 다시고,
매운 떡볶이로 배를 채운 후 그 집의 또 다른 별미였던
'브라질 아이스크림'으로 단짠단짠의 기쁨을 누렸던 추억.
아, 안 되겠어요. 눈에 선한 그 맛 느끼러
이번 주말엔 아이들 데리고 다녀와야겠네요.

오밤중 뒷간 가기

“누나 거기 있지? 가면 안 돼! 누나! 누나 거기 있어?”
화장실에 들어간 동생이 연신 누나를 불러대네요.
그도 그럴 것이, 늦은 밤 집 밖의 화장실에서 볼일 보기란
여간 무서운 게 아니었어요.

예전 셋방에는 화장실이 따로 없어
마당 한구석에 있던 실외 화장실을 써야만 했답니다.
밤늦게 배가 아파올 때면 아픈 배보다 화장실 갈 생각에
겁이 덜컥 나고는 했었지요.

누나에게 사정사정해 같이 나가긴 했지만
일을 보는 내내 밖에 있던 누나가 먼저 갈까봐 연신
불러대면 “있어! 빨리 싸기나 해!”라며 짜증을 내고는
들고 있던 라이트로 비춰주던 누나!

여름엔 모기에, 겨울엔 추위에
일보는 동생도 기다리는 누나도 모두 고통스러웠던
냄새나던 화장실의 기억은 미간을 찌푸리게 하다가도
헛웃음을 짓게 만드는 추억이네요.

누나!
거기 있지?
빨리 싸!

푸르른 가을 운동회가 열리는 그날.
늦둥이 막내딸이 놓고 간
도시락을 들고 찾아오신 어머니를
친구들이 '할머니'라 부르는 게
어린 소녀에겐 왜 그리 부끄러웠을까요?

솜틀집에 맡겨두었던 솜을 이고 오신 것도,
화장기 없이 쪼글거리는 얼굴도,
맨발에 슬리퍼도,
예쁜 도시락 가방이 아닌
보자기에 싼 도시락도,
소녀에겐 다 부끄러웠나 봅니다.

세월이 지나 어김없이 찾아온 가을.
쓸쓸히 돌아가시던 어머니의 뒷모습이 생각나
가슴이 다시 먹먹해집니다.

높고 푸른
가을 운동회

©Emma
국민학

맘에 들면 파르페

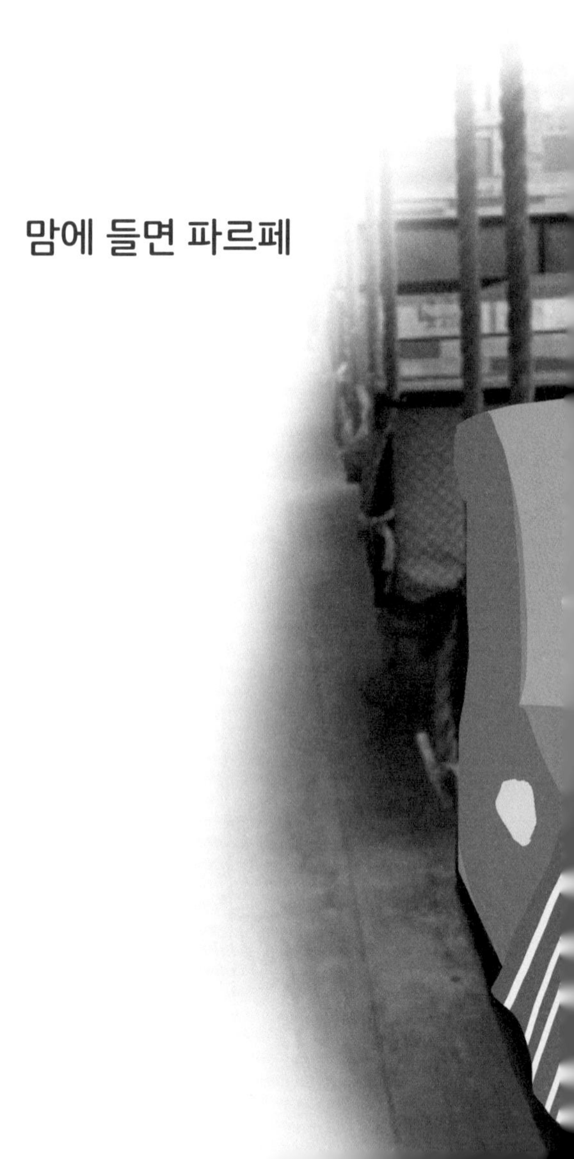

©Emma

남학교와 여학교, 따로 나뉘어 있던 탓에
이성 교제가 힘들었던 그 시절.

친구들이 동아리나 각종 교외 활동으로 여는 '일일 카페'는
자연스러운 만남의 장소로 최고였죠.

주로 학교 주변의 레스토랑을 빌려 열었던 일일 카페는
음료 티켓을 구매해야 입장이 가능했는데요.
티켓을 사서 들어서자마자
두리번대며 미팅 상대를 확인하고,
한껏 멋을 내고 앉아있는 남학생과 어색하게
이야기를 나눴던 기억에 피식 웃음이 나네요.

그때 상대편이 맘에 들면 시켰던 파르페!
일주일 용돈을 모아야 사 먹을 수 있었던
값비싼 음료였지만, 맘에 쏙 드는 남학생과의
어색한 자리를 달달하게 녹여주었고
그 달달함 덕에 즐거운 대화가 이어질 수 있었답니다.

다 먹고 나서 장식으로 꽂혀있던 작은 우산을 머리에 쓰며
나를 웃게 해준 남학생에게 호감이 생기기도 했고요.
비싼 값을 하는, 기특한 음료였다고나 할까요?

한강이 얼었어요

눈부시게 볕이 좋은 겨울 한낮에
동호대교를 건너며 보게 된 한강.

동장군이 한강 전체를 얼게 하진 않았지만
둔치 근처는 하얀 얼음이 둘레를 치고 있더군요.

한강에 떠다니는 얼음 조각을 보니
방학 때마다 버스 타고 언니 손 잡고 갔던 생각이 나네요.

그때는 왜 그리 추웠는지….
겨울 방학이 시작되면 꽁꽁 언 한강에서
스케이트 타는 게 유일한 방학 놀이였지요.

지금이야 실내 스케이트장이 있어
계절 상관없이 언제든 탈 수 있지만
그때 그 시절 스케이트는
겨울 사치 스포츠 중 하나였지요.

한참을 타고나서 신발로 갈아 신으면,
얼었던 발이 녹으며 간질거리던 게 문득 떠올라
괜스레 마음마저 간질간질해지네요.

청과물
식료품
대성 상회
잡화
주류
담배
CIGARETTES

담배 가게 아가씨는 예뻐요

"우리 동네 담배 가게에는 아가씨가 예쁘다네~"

구수한 목소리에 푸근한 인상으로
부르는 노래마다 히트를 쳤던 송창식 아저씨의
'담배 가게 아가씨' 노래 가사랍니다.

크건 작건 모든 가게에 조그만 부스를 만들어
가게에 들어오지 않고도 바로 담배를 살 수 있었는데
빼꼼히 내민 얼굴의 새초롬한 아가씨가 얼마나 예뻤길래
'담배 가게 아가씨가 예쁘다'는 노래를 만들게 된 걸까요?

없는 집이 없던 스킬 자수

고리 모양처럼 생긴 바늘의 코끝에
짧은 길이의 털실을 걸어 망으로 된 그림판에 매듭지기를
반복하다 보면 멋진 그림이 되던 스킬자수가 유행이던
시절이 있었죠.

귀여운 판다나 소녀 그림을 자수로 곱게 만들어
방석, 전화 받침대 등으로 쓰기도 했고
크고 멋진 백두산 호랑이를 자수해
액자에 끼워 거실을 장식하기도 했었죠.

거실도 없이 방만 두 칸 있던 우리 집과는
비교도 안 되게 잘 살던 친구 집.
항상 융단 드레스를 곱게 입으시고 거실 소파에 앉아
자수를 하시던 친구 어머님과 그 뒤로 '어흥!' 하고
튀어나올 듯한 호랑이 액자는 잊지 못할 추억의 모습이네요.
우아했던 친구 어머님도, 정갈했던 친구의 집도
다 부럽기만 하던 그 시절 엄마의 뽀글머리를 보고
괜한 심통을 냈던 철없던 제가 생각나 얼굴이 붉어지네요.

Emma

대성상회
德日 철물점
德日 철물점
어름
쌀
연탄
©Emma

우리가 무슨 민족입니까?
배달의 민족!

동쪽 밝은 기운이 조금씩 차오르는 이른 새벽.

아직은 인적 드문 동네를
분주히 뛰고 있는 신문 배달원과
자전거 페달을 열심히 밟으며
집 앞에 조심스레 우유병을 놓고 가는
우유 배달원 아저씨.

아침잠 없는 할아버지가 빗자루 들고
집 앞을 쓸러 나가시면
"안녕하세요, 어르신. 좋은 아침입니다!"하며
기분 좋은 인사를 나누곤 했었지요.

아버지도 아침에 눈 뜨고 기지개를 켜자마자 하신 일이
파자마 차림으로 문 앞에 놓인 신문을 챙겨 오시는 일이었어요.

우리보다도 훨씬 먼저,
우리의 아침을 준비해주셨던 고마운 배달원 아저씨.
요즘처럼 총알 같이 달려가는 배달 서비스는 아니지만,
진정한 '배달의 원조'는 그분들이 아닐까 싶네요.

한 편 값으로 두 편을 보다 - 동시 상영관

홍콩 누아르 영화가 한반도를 휩쓴 1980년대
주윤발, 장국영 등 배우의 얼굴이 가득했던 영화 간판들.

그땐 서울 중심이 아니면 신작 영화 보기가 힘들었어요.
서울 시내에 있는 대형 영화관에서 상영한 후
몇 개월이 지난 후에야 동네 작은 극장에서 볼 수 있었죠.

돈도 없고, 철도 없던 그 시절
두 편의 영화를 한 편의 영화 값으로 볼 수 있었던
변두리 시내의 '동시 상영관'은
영화광 친구와 저의 아지트였지요.

조금은 음침하고, 19금 영화가 동시에 상영되기도 해
민망할 때도 있었지만 저렴한 가격에 두 편의 영화를
볼 수 있어 자주 가곤 했지요.

요즘은 기술이 발달해 지루한 장면은 건너뛰고
보고 싶은 부분만 반복해서 볼 수도 있지만,
그때 그 시절 한 장면도 놓치기 싫어 두 눈을 부릅떴던
낭만 가득했던 '동시 상영관'은
잊혀 지지 않는 그리운 추억입니다.

동시상영
탑건
톰 크루즈 주연
미림극장
수치스런 삶보다 뜨거운 인생을 사랑하리!!
英雄本色
남자의 자존심
상영중
극동사사
T.893-3598
다음프로
매표소
©Emma

알고 싶어요

"달 밝은 밤에 그대는
누구를 생각하세요?
잠이 들면 그대는
무슨 꿈 꾸시나요?"

누군가를 짝사랑했던 소녀 시절,
가사 한 줄 한 줄이 꼭 내 이야기인 듯
가슴 절절했던 때가 있었지요.

늦은 밤 잠 못 이루며 써 내려가던
보낼 수 없었던 편지와
같은 방을 쓰던 언니와 동생이 깰까
조용히 듣던 그 노래.

떨어지는 낙엽에도, 슬픈 가사에도, 캄캄한 밤하늘에도
뭐가 그리 슬퍼 눈물이 났던 걸까요?
티 없이 순수했던 그 시절이 있었네요.

의원
남산돈가스
해방촌
경양식
©Emma

남산 밑 해방촌

고향이 평안남도였던 부모님께서
6·25 전쟁 때 피난 내려와 터 잡고 사셨던 곳은
서울이 한눈에 내려다보이는 남산타워 밑 해방촌이었습니다.

이태원과 남대문 시장이 가깝고
노란 머리 외국인을 가끔 볼 수 있던 그곳.

해방촌은 제가 어린 시절 살던 동네는 아닙니다.
제가 태어나기 전에 다른 동네로 이사를 갔었죠.
그래서 제가 기억하는 해방촌은 명절이나 일이 있을 때마다
엄마, 아빠 손을 잡고 다녔던 친척 집과
고개를 들면 보였던 남산 타워,
내 얼굴만큼 커다랗고 바삭했던 돈가스,
나팔바지와 땡땡이 스카프로 잔뜩 멋을 낸 언니 오빠들,
그리고 개구리 무늬의 군복을 입은 미군 아저씨들 정도입니다.

그런데도 어릴 적 추억 때문인지
지금도 남산이 보이는 근처에 가면
갑자기 코끝이 찡해져 울컥할 때가 있습니다.
혹시 여러분도 어릴 적 살던 동네에 가면
이유 모를 뭉클함을 느끼시나요?

제3회 주산대회 3등
참가비 : 3000원
희망

암산이 쉬워져요 - 주산 학원

삼천구백오십오요~
팔만 사천구십이요~
오천오백이십사요~

학원 좀 다닌다 하는 아이들은 하나씩 들고 다니던
주판이 들어있는 노란색 주산 학원 가방!

노란 가방을 책상 옆에 걸어 두고
학원 선생님이 읊어주시는 숫자에 귀 기울이며
열심히 주판알을 튕겼던 그 시절,
기억하시나요?

우유 급식

점심시간이 시작되면
주번 두 명이 뛰어가 들고 오던 우유 급식 통.
집안이 어려워 학교 다니면서 한 번도
신청할 수 없어서였을까요?
하얗고 고소한 우유 한 모금이 어찌나 먹고 싶던지….

우유가 처음 나왔을 땐 비닐팩에 들어있었는데
그땐 비닐 끝을 살짝 뜯어 두 손으로 쭉 짜듯 먹는
개구쟁이 남자 친구들의 모습에 피식 웃기도 했었답니다.

몇 년이 지나고 종이팩으로 바뀐 후엔
장난치며 먹는 친구들은 많이 사라졌었죠.

초등학교 6년 동안 한 번도 신청해보지 못한
우유 급식에 대한 아쉬움이 여태 남아있는 지금.
냉장고에 우유가 넘쳐도
챙겨주지 않으면 먹지 않는 딸과 아들에게
풍족한 생활의 소중함을 이야기해주고 싶네요.

©Emma

추억 넷

달다 달아 달고나

코끝이 얼얼하게 시려올 때쯤이면
담장 밑에 자리 잡고 달달한 향을 풍기던 달고나 뽑기!
연탄불 위에 설탕 소복이 채운 국자를 올리고
살살 저어 녹이다 소다를 넣어 부풀려 먹던 달고나!

아저씨가 모자나 칼 모양의 틀을 얹어 찍어 주시면
바늘이나 손가락에 침을 묻혀 뽑곤 했었지요.
열심히 뽑아 가면 하나 더 만들어주는
맘 좋은 아저씨도 계셨고
이것저것 흠을 잡으며 안 된다 하셨던 아저씨도 계셨지요.
그 달달함에 중독되어 집에서 해보려다
국자를 태워버린 기억도 나네요.

인터넷 쇼핑몰에서 산 뽑기 도구로
지금도 가끔 아이들과 해보지만
친구와 쪼그리고 앉아 머리를 맞대고 뽑던
그때의 달달함은 따라갈 수가 없네요.

'너무 달달해 달고나였구나'
이제야 그 이름의 이유를 알 것 같아요.

답 사이로 막가

"딩~동~댕~동~"
종이 울리고 시험이 시작되었습니다.
책상 가운데 책가방을 올려놓고
짝꿍이 볼까 손으로 가리며 열심히 풀던 문제들.
밤새 외웠던 공식과 단어도 시험지만 보면
기억 저편으로 사라지곤 했지요.

어떤 친구는 지우개를 굴려 답을 찍고
또 어떤 친구는 떨어진 연필을 줍는 척하며
옆 친구 답안지를 슬금슬금 보던 기억이 나네요.

이해보다는 암기 위주였던 탓에
거의 매주 시험을 봤었는데도,
집에 돌아오면 가방 던져놓고
밖으로 뛰어나가 놀기 바빴던 그 시절.
지금은 시험도 없고 성적표도 없어졌지만,
하교 후에도 책가방을 메고 집이 아닌 학원으로
발걸음을 옮기는 아이들을 보면
마음 한구석이 짠하네요.

정숙
©Emma

변소
©Emma

달동네 연탄 나르기

집마다 고드름이 주렁주렁 달리는 겨울이 오면
까만 연탄 나르느라 모두가 분주해지곤 했어요.
달과 가까운 동네여서 달동네라 불리던
제가 살던 사당동 꼭대기 마을은
올라가도 끝이 없던 골목들과
그 사이사이 빼곡했던 집들.

어느 정도 넓은 길은 리어카로 끌고 올라갔고
리어카마저 들어갈 수 없던 좁은 골목길엔
지게나 손으로 하나하나 나르곤 했었죠.
가난했던 노부부는 두꺼운 솜옷이
땀에 다 젖을 정도로 헉헉대시며
리어카 가득 연탄을 실어 나르곤 하셨답니다.

그래도 그땐 고생이란 생각보다
'저 정도 연탄이면 겨울은 거뜬하겠네'
라는 부러움이 더 컸었지요.
굴뚝마다 연기가 피어오르고
노란 백열등 불빛이 물드는 밤이 오면
낮에 흘린 땀으로 노곤해진 노부부는
고생했다 서로의 어깨를 두드리며
일찌감치 잠자리에 드셨을까요?

GOLDSTAR
©Emma

아랫목 이불 속 공깃밥

TV에서 따끈한 호빵 선전이 한창인 저녁 시간입니다.
저녁 밥상을 들고 오시는 어머니를 도와드리려고
밍크 이불 밑에 넣어둔 공깃밥을 꺼내는 순간!
밥뚜껑이 힘없이 열리더니
하얀 밥알이 방바닥 가득 쏟아져버렸네요.
옆에 있던 동생도, 신문 보시던 아빠도
눈이 휘둥그레집니다.

전기밥솥이 없던 그 시절 퇴근하신 아빠와
하루 종일 뛰노느라 피곤한 자식에게
따뜻한 저녁을 주고 싶었던 엄마의 마음.
전기밥솥을 대신했던 우리네 아랫목엔
언제나 정이 넘쳐흘렀지요.

방바닥이 누렇게 탈 정도로 따뜻했던
아랫목 이불 속 밥이 생각나는 쌀쌀한 저녁이네요.

24장의 사진을 찍을 수 있는 필름 한 통.
한 컷 한 컷에 신중을 다했었죠.
그렇게 신중을 기해 찍어도
잘 나온 사진이 반도 안 되어 울상을 짓곤 했답니다.

인화해서 나온 필름은 음영이 반대로 보여
잘 나온 사진 찾기가 어려웠는데,
그래도 꼼꼼히 색연필로 표시해 현상소에 가져가면
표시된 사진만 현상해주셨죠.

그렇게 나온 사진들이 지금도 책장 밑 구석에 쌓여
가끔 들춰 볼 때마다 입가에 미소를 짓게 한답니다.

언제부터인지 정리가 안 될 정도로 많은 양의 사진들이
컴퓨터 속 폴더 안에 쌓여만 가고 있네요.
낡은 액자와 먼지 쌓인 앨범 속 그때 그 순간을
우리는 기억 어디에 저장하고 살고 있는 걸까요?

필름카메라

KONICA C35
KONICA HEXANON
1:2.8
DIN ASA
FLASH BUTTON
Miracle
24+α
EXPOSURES
©Emma
ProImage 100
135/36
pro image 100
Kodak
ProImage 100

별이 빛나는 밤에 이문세입니다

밤 10시면 귀에 익은 시그널로 시작되던
'별밤', 기억하시나요?
매일 챙겨 듣던 저의 최애 라디오 프로그램이었죠.
50년 넘게 이어지며 DJ가 여러 번 교체됐지만,
제게 있어 최고는 85년부터 11년간 진행하신 이문세 님.

유열, 이수만 씨와 '마삼 트리오'로 불리며
공연도 함께 하시고
친근한 모습을 보여주셨던 기억이 나는데요.

그렇게 맘 좋은 옆집 오빠처럼
두런두런 재미있는 이야기와
감미로운 음악들로
두 시간을 가득 채워 주곤 하셨죠.

까만 밤하늘의 별들도 그 시간을 아는지
더욱 열심히 반짝이면,
뜨끈한 방바닥에 배를 깔고 엎드려 듣던 목소리.

"안녕하세요, 별밤지기 이문세입니다."
그립네요.

달동네라 불리던 집들이 철거되고 지어진
5층 건물의 서민 아파트가
어린 시절 제가 살던 집이었지요.
우리 집은 4층이었고 그 당시 모든 아파트가
연탄보일러를 사용했답니다.

4층까지 연탄 배달이 안 되던 때라
지하의 공간을 다섯 집이 똑같이 나눠
한겨울에 쓸 연탄을 들여놓았었지요.
막내인 저와 셋째 언니가 매일 밤 연탄을 날라야 했는데
너무 귀찮아서 여러 핑계로 미루다가
결국은 늦은 밤이 되어서야
지하에서 4층까지 낑낑 나르던 기억이 나네요.

매년 겨울 김장을 끝내고
연탄까지 지하에 꽉꽉 채워지면
세상을 다 가진 듯한 미소를 짓던 어머니.
그 모습을 떠올리니
가져도 가져도 부족하기만 한 지금에 비해
너무도 소박했던 예전 겨울이 그리워지네요.

고통의 연탄 나르기

추석 전날

송편과 맛난 차례 음식 준비가 끝날 때쯤
두 남매를 데리고 급히 다녀온 목욕탕,
곱게 단장을 하고 엄마 아빠 손을 잡고
서둘러 가던 시골 할머니 댁.
방앗간에서 늦게 나온 송편을 머리에 이고
급히 돌아가던 어머니의 귀갓길….

이 모든 풍경은 그 옛날 우리네
추석 전날 풍경입니다.

목욕탕
추석날 쉽니다.
대인:800
소인:400
남탕
©Emma

©Emma

추억의 아지트
만화 가게

사춘기 즈음 시작됐던 만화 열풍.
제목만 들어도 가슴이 울컥하고
코끝이 찡해오는 스토리가 있었습니다.

아침 등굣길에는 친구와 함께
전날 읽은 만화 이야기로 꽃을 피웠고,
집에 가면 만화를 읽느라 밤을 지새웠죠.
지금까지도 눈에 선한 명장면,
가슴 아린 줄거리가 파노라마처럼 떠오릅니다.

아뉴스데이, 안녕 미스터 블랙, 불새의 늪,
푸른 산호초, 사랑의 아테네, 아르미안의 네 딸들,
아카시아, 목마의 시….
그 시절 우리를 울고 웃게 해 주었던 순정 만화와
황미나, 김영숙, 신일숙, 김동화,
이름만 들어도 감탄사가 절로 나오는 최고의 작가님.

지금은 어디서 어떤 작업을 하고 계신가요?
그립고 또 그립습니다.

©Emma

세모 땅따먹기

세모 땅따먹기 게임을 아시나요?
누구나 했던 놀이는 아니었지만
전 학창 시절에 자주 했었지요.

공책 한 페이지에 점을 마구 찍은 다음
차례대로 선을 이어 세모가 되면
별이나 동그라미로 자기 땅을 표시하는 놀이였어요.
앞에 앉은 친구와 시작해 중간쯤 가면
어느새 주변 친구들이 훈수를 들기 시작했죠.

게임이 끝나면 내 땅의 숫자를 세고
이긴 사람이 진 사람 목에 손가락을 콕 찌르고는
"어느 손가락" 했던 기억.
지금 생각하면 별 재미없는 게임이었는데
그땐 시작부터 벌칙을 받는 순간까지도
웃음꽃이 끊이지 않았어요.
굴러가는 낙엽만 봐도 웃음이 나올 나이가 있다더니,
그때가 그 나이였나 봅니다.
친구와의 모든 시간이 웃음으로 가득 찼었으니 말이죠.

너와 나의 연결고리
‘세이클럽’

Cyworld
game
Chat!
Services
©Emma

20대 후반 열심히 그림을 그려 모은 돈으로
큰맘 먹고 장만했던 컴퓨터.
보물 1호 컴퓨터가 생긴 후 매일 밤 독수리 타법을
벗어나기 위해 자판 연습을 했었고
어느 정도 실력이 된 후
처음 시작했던 사이트는 그 당시
장안의 화제였던 세이클럽이었죠.

얼굴도 이름도 모르는 사람과 사는 지역이 같거나
같은 연배 또는 같은 취미로 카테고리에 엮어
채팅을 할 수 있게 만들어진 사이트였는데
나를 잘 모르는 누군가와 이런저런 이야기를 한다는
묘한 매력에 빠져 한동안 열심히 했던 기억이 나네요.

세이클럽이 시들해질 쯤 '싸이월드'에 빠져
매일 사진 올리고, 글을 쓰고, 댓글을 달며
나만의 미니 홈피를 만드느라 공들였던 시간도
모두 소중한 추억이 되었네요.

결혼하고 한참이 지나
싸이월드가 폐쇄된다며 정리를 권하는 메일이 왔는데
결국 정리를 제대로 못 해 잃어버린 사진들이
지금 생각해도 너무 아쉽기만 하네요.

그 당시 한 달 수입에 가까운 금액으로 장만했던 컴퓨터였는데
그다지 생산적인 일은 하지 못했구나라는 생각도 들지만
세이클럽으로 만난 멋진 남자와 평생 화촉을 밝혔으니
제값 톡톡히 한 거 맞겠죠?

38선
우리는하나
불조심
따끈 따끈 도시락 난로
©Emma
국어
5-2

딩동 댕동~
점심시간 종이 울리네요.
따뜻한 점심 한 끼를 위해 난로 위에
켜켜이 쌓아 올려놓았던 양은 도시락!

쉬는 시간에 미리 도시락을 먹어 버린 친구들은
숟가락을 들고 이리저리 돌아다니며
한 숟가락씩 빼앗아 먹기도 했고
주번이 떠다 놓은 주전자 물을 마시려다
난로 앞에서 뜨거워진 물에 입천장을 데곤 했던 그 시절.

도시락을 먹고 나면 얼어버린 운동장을
몇 바퀴씩 뛰며 놀다 5교시쯤 되면
내려오는 눈꺼풀을 못 이기고
꾸벅꾸벅 졸곤 했던 기억이 나네요.

계란을 풀어 입힌 분홍 소시지와
들기름에 달달 볶은 김치만 있으면
최고의 한 끼가 됐었고,
어쩌다 계란 프라이라도 하나 올라가면
입꼬리가 승천하곤 했지요.
코끝 시린 겨울이 오면 그 오후
나른한 교실 안 풍경이 생각나곤 합니다.

혜솜틀집
©Emma

탈탈 털어줘 솜틀이

겨우내 덮었던 이불 속 솜을
보자기에 싸서 머리 위에 이고 솜틀집으로 향하시던 어머니.

눌리고 더러워진 솜을
기계로 탈탈 털어 일정한 두께로 펴주면
다시 새 솜이 되었지요.

어머니는 방바닥에 이불보를 넓게 깔고
깨끗해진 솜을 평평히 펴서
솜과 이불보가 틀어지지 않게 큰 바늘로
한 땀 한 땀 바느질을 하셨지요.

놀러 간 친구 집에서 공주 그림의 이불을 보고는
이불을 꿰매시던 어머니께 투정 부리다 혼이나
방구석에서 훌쩍이던 철없던 제가 생각나네요.

비록 공주 그림, 꽃 그림이 있는
예쁜 이불은 아니었지만 항상 햇볕에 바짝 말리고
때마다 깨끗이 빨아 다시 바느질하시던
부지런한 어머님께 다시금 감사의 마음을 전하고 싶어지네요.

오색 풍선 아이돌

사랑해요
H.O.T.
H.O.T
사랑해
H.O.T.

K-POP 부흥의 서막은 이때부터였을 겁니다.

많아 봐야 3명 정도였던 멤버의 수가
5명, 6명, 7명까지도 늘어나면서
10대의 우상이 되어버린 90년대 후반
아이돌 가수들.

요정이 되기도, 때로는 전사가 되기도 했던 그들은
'카리스마'와 '귀여움'을 시소 타듯 오고 가는
특유의 매력으로
소년, 소녀 팬들의 가슴에 불을 질렀었죠.

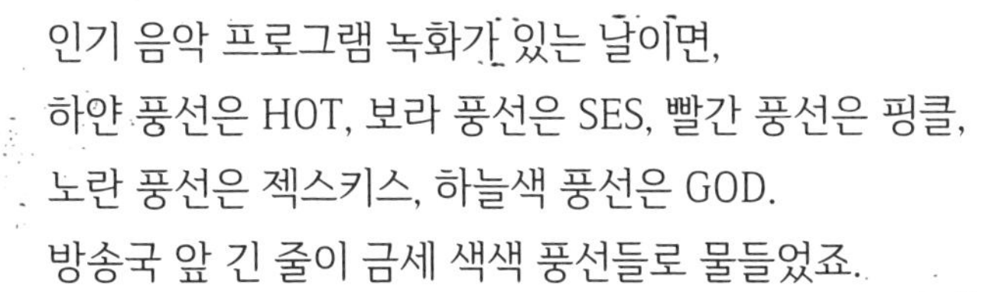

인기 음악 프로그램 녹화가 있는 날이면,
하얀 풍선은 HOT, 보라 풍선은 SES, 빨간 풍선은 핑클,
노란 풍선은 젝스키스, 하늘색 풍선은 GOD.
방송국 앞 긴 줄이 금세 색색 풍선들로 물들었죠.

몇 해 전, 모 TV 프로그램에서 그 시절 아이돌들을 소환해
무대를 선보였던 것 기억하시죠?
방청석에 앉아 눈물을 흘려가며
토씨 하나 틀리지 않고
노래를 따라 부르던 수많은 팬들.
그 모습을 보며 새삼 깨달았네요.

제아무리 세월이 흐르고 암만 나이를 먹는다 해도,
변하지 않는 게 있다는 걸요.

해마다 한파 속 학력고사

친한 친구 딸이 올해 수능을 본다고 합니다.
바짝 긴장한 엄마의 모습이 된 친구를 보니
예전 우리 때 학력고사 시절이 생각나네요.

시험 시간에 늦어 발을 동동 구르던 학생이
발 빠른 경찰과 시민들의 도움으로
시험장에 뛰어 들어가는 모습도,
입김을 하얗게 뿜으며 학교 벽에 엿을 붙이고
시험 내내 두 손 모아 기도하던 부모의 모습도
예나 지금이나 변함없는 풍경입니다.

단어 하나라도 끝까지 더 보고자 가는 길 내내
단어장에서 눈을 못 떼는 볼 빨간 수험생들.

최선을 다한 그대들 모두에게
좋은 결과 있기를 작게나마 소망해봅니다.

1990학년도 제
대학입학 학력고
합 엿 격
○○고등
학력고
고득점
©Emma
개인

피카피카
피카츄 돈가스

포켓몬스터의 캐릭터인 피카츄를 아시나요?
쥐도 아닌 것이, 강아지도 아닌 것이
무슨 동물인지는 알 수 없지만,
샛노란 털과 귀여운 외모, 순한 성격으로
아이들의 인기를 한 몸에 받았던 캐릭터죠.

그래서일까요?
학교 앞 문방구나 분식집에서
피카츄 모양 돈가스를 팔았었는데요.

피카츄 모양의 돈가스를 잘 튀겨 꼬치에 끼우고
달달하면서도 살짝 매콤한 양념 소스를 솔로 잘 바르면,
최고의 하굣길 동반자 '피카츄 돈가스' 완성입니다!

지금은 불량식품이라는 낙인이 찍혀서
잘 찾아볼 수 없지만,
피카츄 돈가스를 먹어본 사람들은
"야 너두 좋아했었어?", "야! 나두 나두!" 하면서
손뼉을 치게 하는 잊을 수 없는 맛이라나, 뭐라나.

봄이네 분식
봄이네
분
어린이보호
©Emma

LOVE STORY
러브·스토리
감독 아더 힐러
사랑은 미안하다고
말하는게 아니예요…
절찬상

그리우, 라이
중앙극장
절찬상영중
“GONE WITH THE WIND”
빅터후레밍 감독
바람과 함께 사라지다
©Emma

영화 포스터계의 금손

대형 사진 출력이 힘들었던 예전엔
극장 간판 포스터를 손수 그렸었답니다.

영화관 간판만 보고도
'이 영화 재밌겠다'라는 생각이 들게 만들어야 했기에
극장 화가분들은 아마도 혼신의 힘을 다하셨을 테죠.

상업적으로 그린 그림을 비하하던 시절인지라
영화 간판 그리는 분들을
'화가'보다는 '~쟁이'라고 부르곤 했는데요.

하지만 열악한 환경 속에서도
사진 저리 가라 싶은 명화를 그려낸
그분들이야말로, 진정한 예술가가 아닐까요?

디지털 인쇄로 뽑은 요즘 포스터보다
정겨운 감성이 묻어나는
그 시절, 아날로그 포스터가
문득 그리워지네요.

찹쌀떡과 메밀묵

입김이 솔솔 나는 쌀쌀한 겨울밤.
저녁 식사 후 살짝 출출해질 때쯤 들리는 반가운 소리

“찹쌀~~~~ 알 떠억, 메밀 무~~ 욱”

언제 어디서든 배달음식이 가능한 지금
‘찹쌀떡과 메밀묵’은 기억 저편의 간식이 되었지만
그래도 코끝이 시려오는 계절이 오면
아저씨의 그 소리가 귀에 들리는 듯하네요.

“찹쌀~~~~ 알 떠억, 메밀 무~~ 욱”

찹싸알~떠억
메밀무욱

전과로 공부해!
전과 하나면
우등생
학력을 부쩍부쩍 높여 주는
알차고 새로워진 완전신판
'88 전과의 왕
동아전과
우리 나라 역사 연표
중학 생활 안내
상타기문제
동아출판사
6-2
맞아 맞아
?
전과로 공부해!
©Emma

한 권이면 오케이~

시험 기간이 되면 학기 초에 사둔
전과를 펴고 공부하던 시절이 있었습니다.

전 과목이 모두 들어 있는 전과는
설명과 문제가 함께 있어
다른 학습지는 필요 없었지요.

그땐 우등생 재석이도, 코 찔찔 명수도
전과 한 권이면 한 학기 공부는 끝이었는데….
요즘 아이들이 과목 당
서너 권 넘는 문제집을 푸는 걸 보면
책 한 권으로 끝이었던 우리에 비해
너무 무거운 짐을 지고 있는 것 같아 안쓰러워요.

저녁 식사를 하면서 엄마 어린 시절엔
전과 하나면 오케이였다고 말했더니
너무 부럽다며 한숨을 쉬는 딸아이의
축 쳐진 어깨가 오늘따라 괜히
더 무거워 보입니다.

비닐 포대 썰매

밤새 하얗게 눈이 내리면
집안 구석에 있던 비닐 포대를
찾아다녔던 어린 시절.

눈이 쌓인 비탈길에 비닐 포대를 타고 발을 구르면
빠르게 내달렸던 포대 썰매를 기억하시나요?

어떤 친구는 낡은 장판,
어떤 친구는 빨간 플라스틱 대야,
또 다른 친구는 나무판자와 철심으로
정교히 만든 썰매를 타기도 했었지요.

눈을 치우기도 전에
썰매가 만들어 놓은 길이 빙판처럼 되어
어른들의 꾸지람을 듣곤 했지만,
추운 겨울에 내린 눈은
긴긴 겨울방학의 무료함을 달래주는
고마운 친구였지요.

©Emma

미스테리 러브
©Emma

심쿵주의보

호기심 가득했던 고등학교 시절,
친구의 소개로 첫발을 들여놓게 된 <하이틴 로맨스>.

잘생긴 부잣집 남자 주인공과
가난하지만 당차고 귀여운 여자 주인공의 사랑.
지금 보면 흔하디흔한 소재고
아예 딴 세상 이야기처럼
허무맹랑하게 느껴지는 스토리인데,
그땐 한 줄 읽다가 가슴이 두근대고
두 줄 읽다가 가슴이 미어지고 했었어요.

여자 주인공에 감정이입, 아니 거의 '빙의'를 해서
책 속에 들어간 양 읽다가 가끔 19금 장면이 나오면
혼자 괜히 얼굴이 빨개지고
헛기침을 하기도 했는데….

밤새우며 공부하는 건 못해도,
하이틴 로맨스 읽으라면
'네, 하겠습니다' 소리가 나왔던 그 시절.
그때 로맨스 소설을 하도 많이 읽어서
남자 보는 눈이 높아진 거라나 뭐라나.

추억이 방울방울

초판 1쇄 찍은날 2020년 4월 17일
초판 1쇄 펴낸날 2020년 4월 30일

글 · 그림 이덕미

펴낸이 박성신
펴낸곳 도서출판 쉼
등록번호 제406-2015-000091호
주소 경기도 파주시 문발로115, 세종벤처타운 304호
대표전화 031-955-8201
팩스 031-955-8203
전자우편 8200rd@naver.com

ISBN 979-11-87580-42-3 (03810)